Auprès de toi pour toujours

LINDA ZUCKERMAN

Illustrations de

JON J MUTH

Texte français de Marie-Andrée Clermont

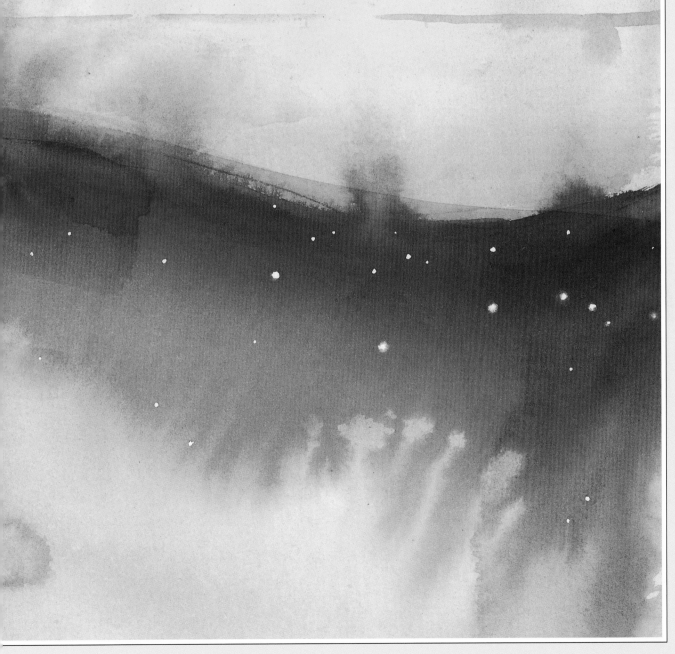

Je te tiens bien au chaud dans le creux
de mes bras
Et bientôt, tout confiant, tu t'endormiras.

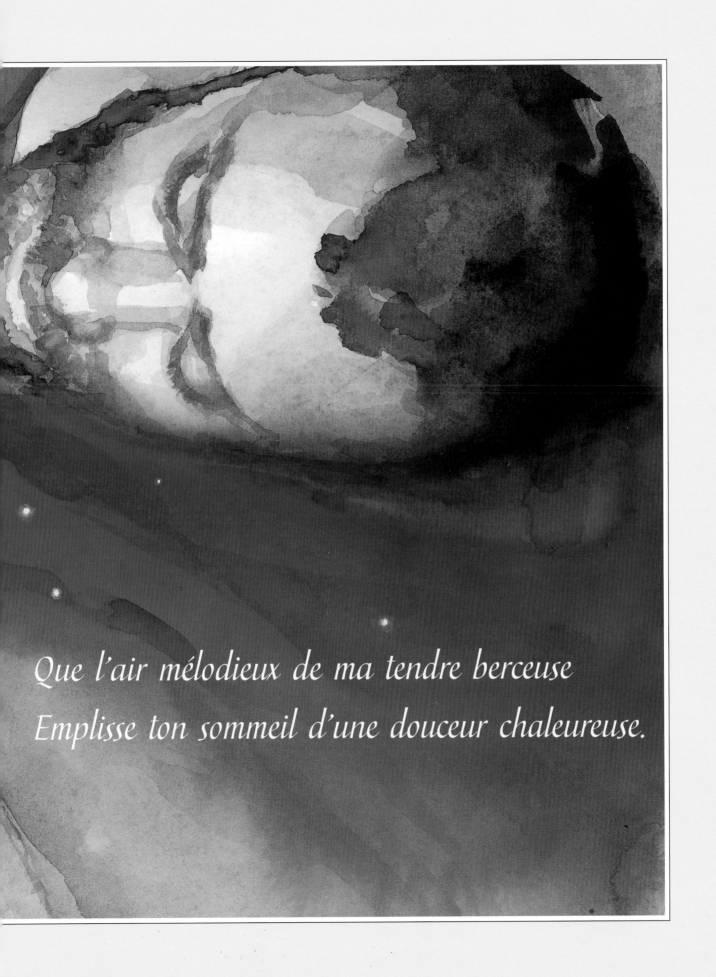

Que l'air mélodieux de ma tendre berceuse
Emplisse ton sommeil d'une douceur chaleureuse.

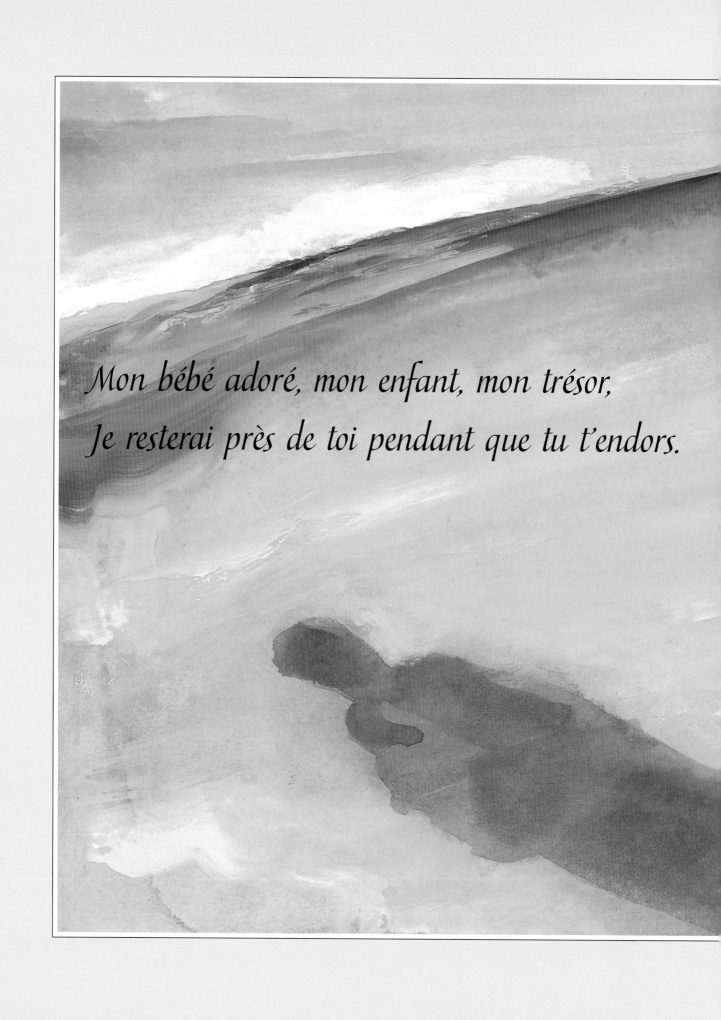

Mon bébé adoré, mon enfant, mon trésor,
Je resterai près de toi pendant que tu t'endors.

À ton réveil, je te couvrirai de baisers
Et le soleil d'été remplira tes journées.

Mais si le ciel se couvre de noirs nuages,
Je saurai te garder à l'abri de l'orage.

Mon bébé adoré, mon enfant,
mon trésor,
À ton réveil, de caresses je te
couvrirai encore.

Si tu tombes sur la voie rocailleuse,

J'accourrai vers toi et t'embrasserai.

En regardant valser les feuilles de l'automne,
Nous chasserons la douleur d'un éclat de rire.

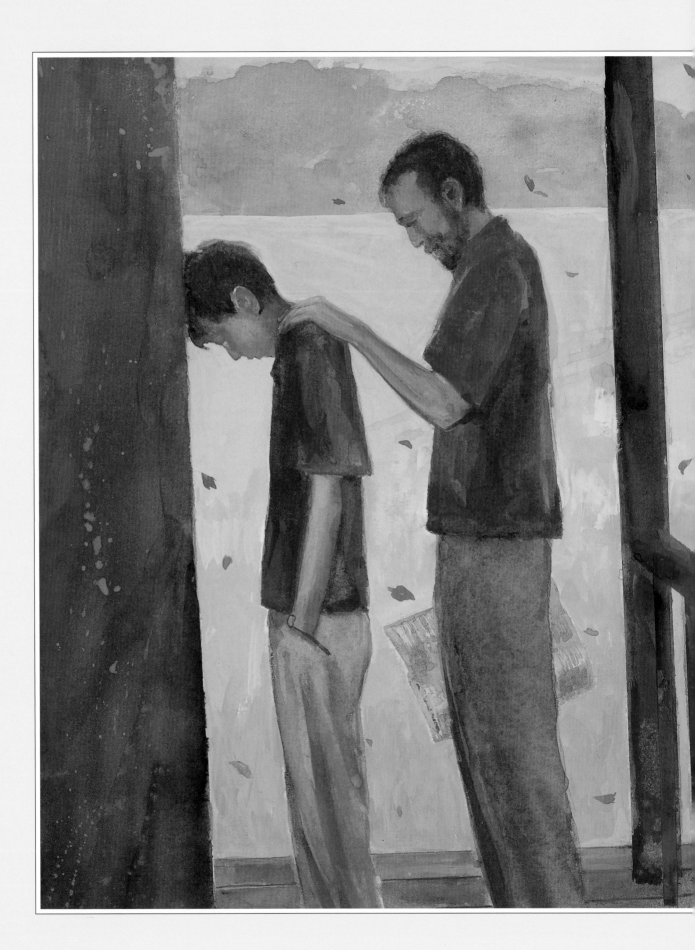

Mon bébé adoré, mon enfant, mon trésor,

Je serai près de toi lorsque tu tomberas.

Que tu sois près de moi ou partes loin ailleurs,
Tu garderas ta place à jamais dans mon cœur.

Et lorsque les journées soudain s'écourteront,
Que le temps fraîchira, que la neige tombera,

Mon bébé adoré, mon enfant, mon trésor,
Jusqu'au bout de ta vie, je t'aimerai encore.

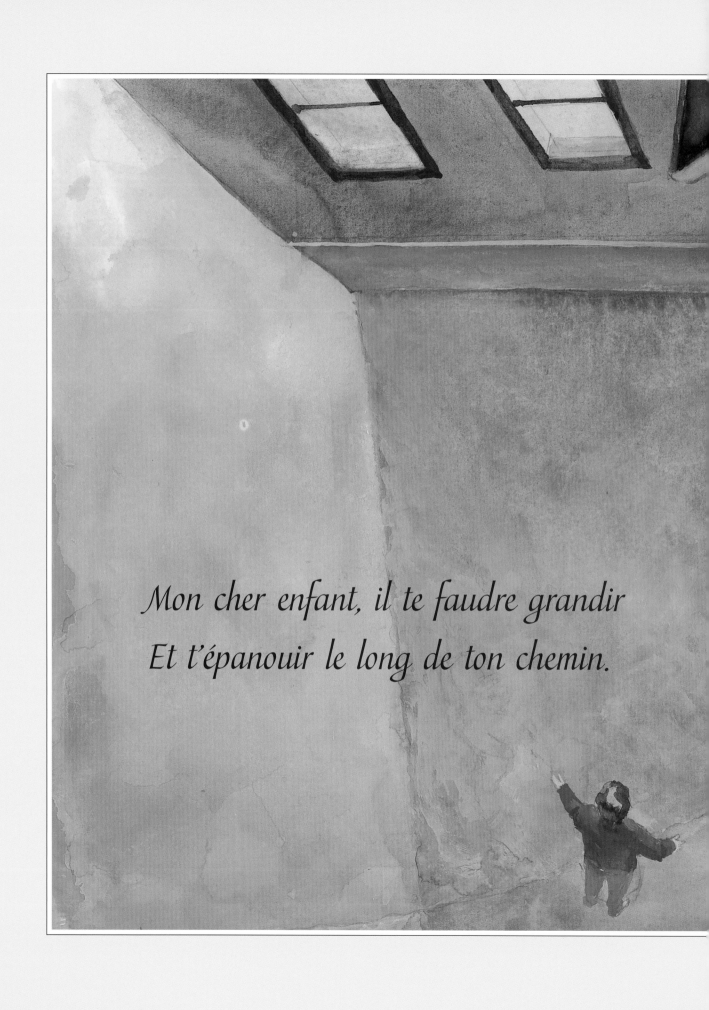

Mon cher enfant, il te faudre grandir
Et t'épanouir le long de ton chemin.

Tiens la main de l'ami qui ne peut pas dormir.

Caresse l'enfant qui pleure, tout seul
dans son coin.

Embrasse l'être cher qui commence à faiblir.

Sème et cueille l'amour tous les jours de ta vie.

Pour Klaus, quoi qu'il arrive
— L.Z.

Pour Julianna
— J.M.

Catalogage avant publication de Bibliothèque et Archives Canada

Zuckerman, Linda

Auprès de toi pour toujours / Linda Zuckerman; illustrations de Jon J. Muth;
texte français de Marie-Andrée Clermont.

Traduction de : I will hold you 'til you sleep.
ISBN-13 : 978-0-439-94096-2
ISBN-10 : 0-439-94096-6

I. Muth, Jon J. II. Clermont, Marie-Andrée III. Titre.

PZ23.Z83 Au 2007   j813'.6   C2006-905689-7

Édition publiée par les Éditions Scholastic, 604, rue King Ouest, Toronto (Ontario) M5V 1E1.

5 4 3 2 1   Imprimé au Canada   07 08 09 10 11

Les illustrations ont été faites à l'aquarelle et à la gouache.
Le texte a été créé avec la police de caractères Carmela.
Conception graphique : David Saylor.